245

Dévouement & Malheur.
L'Incendie poème en trois chants

1849

Ye 42021

DÉVOUEMENT ET MALHEUR.

L'INCENDIE

DU 22 AOUT 1845

A BORDEAUX,

POÈME EN TROIS CHANTS.

DÉVOUEMENT ET MALHEUR.

L'INCENDIE

DU 22 AOUT 1845

A BORDEAUX.

Redoutable Destin, ô fantôme invisible,
Terreur du genre humain! quand ton glaive terrible
Terrasse le méchant dans le crime affermi
Et l'humain bienfaisant, de l'indigent ami ;
De l'esclave attristé quand tu brises les chaînes
Et pour l'éternité tu termines ses peines,
Son tyran croit toujours échapper à son sort ;
Mais tu les réunis : l'impitoyable Mort,
De ton terrible arrêt fidèle exécutrice,
Fauche tout, l'innocent, les vertus et le vice.

Stoïciennes sœurs, ô Parques ennemies,
De la Mort, du Destin éternelles amies !

La trame de nos jours, sous vos fatals ciseaux,
Se brise comme un verre et creuse nos tombeaux.
Entourés de trésors, toujours de l'or avides,
L'avare et l'usurier n'ont que l'argent pour guides;
Croyant couler en paix des jours sereins et beaux,
Le Destin et la Mort les plongent aux tombeaux.

De mes concitoyens si je chante les deuils,
O Muse, inspire-moi! découvre ces cercueils;
Peins-nous de ces martyrs la fin si glorieuse;
Exhume encor leurs noms de ta mémoire heureuse.
Vous, chantres des héros, prenez vos lyres d'or,
Faites-les résonner dans un sublime accord!

CHANT PREMIER.

Du commerce français le soutien et l'orgueil,
Opulente cité ! prends un crêpe de deuil ;
De tes enfants meurtris les tristes funérailles
De funèbres flambeaux font pâlir tes murailles.
Mais quel est le malheur que tes enfants déplorent ?
Et quels sont les martyrs dont tes fastes s'honorent ?
Ce malheur ? me dis-tu ; un terrible élément !
Ses martyrs ? je les pleure, et, sous ce monument,
Ils dorment à côté de leur chef intrépide
Qui dans le champ d'honneur était toujours leur guide,
Et, noble citoyen, avait fait le serment
De porter pour devise : *Honneur et dévoûment !*
Pour ce corps de pompiers en qui je mets ma gloire,
J'ouvre mon Panthéon, gardien de leur mémoire,
Et chacun de leurs noms, sur le marbre sculpté,
Ira de bouche en bouche à l'immortalité !

Déjà le blond Phébus, d'un éclat radieux,
Précipitant son cours vers l'occident en feux,
Dans une autre hémisphère allait porter la vie,
Quand d'effroyables cris, un horrible incendie,
Ont rempli de terreur le paisible ouvrier.
Mais la terreur est courte, il est là le premier :
Car on le voit toujours au milieu des alarmes ;
La patrie en danger, on le voit sous les armes,
Et, le jour du péril, brave, fort et puissant,
Pour le salut commun il meurt en combattant.

Déjà des entrepôts, où la foule se presse,
Sort en noirs tourbillons une fumée épaisse :
Tel du Vésuve en feu le terrible volcan
Gronde, tonne, mugit et déchire son flanc,
Et, menaçant les cieux de sa lave brûlante,
Porte au loin la terreur, le deuil et l'épouvante.
Ainsi des alcools le dépôt ténébreux
Lance au milieu de l'air des colonnes de feux,
Portant la destruction, enflammant l'atmosphère ;
L'air en est embrasé, le feu brûle la terre,
Menace de détruire un immense quartier.
Mais le secours approche, et les sapeurs-pompiers,
Aux appels effrayants du lugubre tocsin,
Au milieu des débris se frayent un chemin,
Et, bravant les progrès de l'horrible incendie,
Prodiguent les secours et méprisent la vie.

Qui pourrait cependant dépeindre les horreurs

De cette nuit funeste où la flamme en fureur,
Résistant aux secours, étendant ses ravages,
Veut les intimider et dompter leurs courages?
Organisé déjà par le génie et l'art,
A ce feu destructeur on oppose un rempart.
L'audace, le courage, étranger à la crainte,
Présente un front d'airain, n'exhale aucune plainte,
Et, concentrant l'effort du terrible élément,
Se délasse aux lueurs de ce brasier ardent.

CHANT DEUXIÈME.

Tous les cœurs sont contents : il n'est plus de danger.
Prolétaire, va-t-en, il faut te reposer ;
Pour finir ta semaine, une journée encore,
Ne la perds pas. crois-moi, ta famille t'implore.
Courageux citoyens dont l'intrépide ardeur
Du terrible volcan a calmé la fureur,
Vous êtes là debout, dominant l'incendie,
Et chassant le repos, livrés à l'insomnie,
D'un accueil fraternel en vous serrant la main,
Vous redîtes encore : « A demain ! à demain ! »

Oh ! demain c'est la grande chose.
Hé quoi ! demain sera-t-il fait ?
L'homme aujourd'hui sème la cause,
Demain Dieu fait mourir l'effet.
Non, que l'on soit puissant, que l'on rie ou l'on pleure,

Nul ne te fait parler, nul ne peut avant l'heure
     Ouvrir ta froide main,
O fantôme muet ! ô notre ombre ! ô notre hôte !
Spectre toujours masqué qui nous suis côte à côte,
     Et qu'on nomme demain !

Déjà l'astre éclatant, recommençant son cours,
Eclaire des débris les funestes contours
D'un éclat obscurci par l'épaisse fumée.
Des brasiers mal éteints la vapeur embrasée
Nous menaçait encor d'un immense danger ;
Mais ces braves sont là ! Fiers de nous protéger,
Ils veilleront encore, ils sont infatigables.
O patrie ! pour toi tout leur est agréable.

« Voyez-vous, dit le chef, sous ces débris en feux
» Peut exister encore un aliment affreux ;
» Déblayons les débris de ces tristes murailles,
» Eteignons le volcan jusque dans ses entrailles ;
» Courage, mes amis ! » A sa voix tout est prêt ;
Et tous vont exposer, écoutant son arrêt.
A la faulx de la mort leurs têtes dévouées.
Les Parques ont filé leurs tristes destinées !
Dieu ! quels sont donc ce bruit et ces cris déchirants,
Ces râles de la mort sous ces débris fumants !
Les murailles, croulant sur leur tête héroïque,
Les cachent à nos yeux. Noble vertu civique !
Sublime dévoûment ! Ils sont frappés de mort,
Ecrasés, mutilés ! O coup affreux du sort !...

Enlevons ces débris, découvrons à nos yeux
De ces membres épars les restes glorieux,
Leurs crânes entr'ouverts, leurs poitrines sanglantes !
De l'honneur, du devoir victimes palpitantes !
Mais leur âme, portée aux cieux par les zéphirs,
Va recevoir de Dieu la palme des martyrs.

Revenus cependant de leur morne stupeur,
Leurs braves frères d'arme en péril, en honneur,
Enlèvent les débris de ces pierres fumantes,
De cervelles, de chairs et de sang dégoûtantes.
On veut savoir leurs noms : on les reconnaît tous,
Et leurs noms glorieux sont venus jusqu'à nous.
L'intrépide Filleau, commandant des pompiers,
Dans le nombre des morts est trouvé le premier.
L'étoile de l'honneur rayonne sur son sein ;
Il l'avait méritée... O terrible destin !
En tranchant de ses jours la glorieuse trame,
Tu nous laissas son corps, et ravis sa grande âme.
Mais quel nouveau martyr exhume–t–on encor ?
C'est un autre héros, c'est notre aide-major :
On ne le reconnaît que par son uniforme ;
Il est broyé, meurtri, un cadavre sans forme ;
Mais on le reconnaît : Gergerès le docteur,
Médecin philanthrope et soutien du malheur,
Ami de l'indigent, brave, humain, généreux,
Bon père, bon époux, citoyen vertueux !
Inconsolable fils, dans ta douleur amère,
Accomplis un devoir : aime et soutiens ta mère !

Le Destin cependant a fait d'autres victimes,
Et l'on exhume encor du milieu des abîmes
Un cadavre brisé, dans son casque aplati
Un crâne fracassé, et son corps tout meurtri.
Le signe de l'honneur brille sur l'uniforme
Et le fait reconnaître : hélas ! ce reste informe,
C'est Bertheau, capitaine. On trouve encor Baudin,
Puis Marcou, puis Lagueyte. O terrible destin !
Tous sont morts à côté de leurs chefs magnanimes.
Noble cité, prends soin des enfants des victimes !
Mais on entend encor de sourds gémissements :
Ce sont d'autres martyrs. Enlevons promptement
De ces blocs de rochers la masse épouvantable ;
Sauvons-les, sauvons-les ! Dieu, sois-nous secourable !
Entourons-les de soins. O Floris ! ô Delas !
Fracassés, mutilés, dans quel état, hélas !
En épargnant vos jours, la mort en sa fureur
Les empoisonnera de maux remplis d'horreur.
Pour eux, ô prêtres saints ! mettez vous en prière ;
Que Dieu leur rende au moins leur souffrance légère ;
Que vos vœux et tous ceux de leurs concitoyens
Les conservent encore, et soyons leurs soutiens !

Quel est ce noir cortége avançant dans la rue,
Remplissant de terreur la multitude émue ;
Ce char ensanglanté, traçant sur le chemin
Un immense sillon rouge de sang humain ?
Entendez retentir ces sanglots et ces cris
Qui frappent de terreur les citoyens surpris :

Des veuves, des enfants redemandent leurs pères...
Hélas ! ils sont là, morts, sur ce char funéraire.
De la noble cité le palais somptueux
Ouvre sa double porte à ces débris poudreux ;
Sous un voile de deuil elle cache ses armes,
S'interdit tout plaisir et reste dans les larmes ;
Dans un salon obscur, de cierges entourés,
Elle expose leurs corps à nos yeux éplorés,
Et, réglant à grand frais l'ordre des funérailles,
Couvre d'un crêpe noir ses superbes murailles.

CHANT TROISIÈME.

Noire enceinte,
Silencieuse région,
Où des morts, protégés par la religion,
Dans une nuit lugubre et sainte
Dort la muette légion !
Nécropole des morts, asile des Chartreux,
O dernière demeure, espoir des malheureux,
Entr'ouvre de ton sein le ténébreux abîme,
Engloutis tour-à-tour l'innocence et le crime ;
Le riche fastueux, le guerrier indompté,
Et l'illustre orateur, le pauvre infortuné,
Tous payent le tribut à la commune mère :
Le pâtre et l'empereur sont égaux sous la terre.
Mais tu dois aujourd'hui recevoir dans ton sein
Des martyrs de l'honneur frappés par le destin,
Citoyens courageux, bons époux et bons pères,

Victimes du devoir ! Terre, sois-leur légère !
Le rappel du tambour, dès l'aube matinale,
Pour ce convoi de morts, douleur nationale,
De la garde civique assemble tous les corps ;
Leurs drapeaux sont couverts du crêpe de la mort ;
Une garde d'honneur, élus de la cité,
Du cortége funèbre ouvre la majesté,
Et les tambours guerriers, sous leurs voiles de deuils,
De leurs roulements sourds précèdent les cercueils.
De la religion les signes vénérables
Rayonnent dans les airs, des prêtres respectables
Apaisent du Très-Haut le terrible courroux.
Mais voilà les cercueils : à genoux ! à genoux !
Quel cortége de deuil ! quelle suite lamentable
De mères et d'enfants quelle file effroyable,
De leurs pères meurtris déplorant les malheurs,
Nous remplissent de larmes et navrent tous les cœurs :
Et les cercueils, aux sons des fanfares lugubres,
Entrent au temple saint par des voûtes obscures.
Un catafalque immense, entouré de flambeaux,
Crie, ploie et gémit sous ses tristes fardeaux.
Du chant des trépassés les accords ténébreux,
Et l'hymne de la mort, l'encens religieux,
Remplit l'âme de deuil, attriste les visages.
Mais quel est ce jeune homme à travers les nuages,
Au visage attristé, au maintien religieux ?
C'est un Prince royal, au cœur bon, généreux.
D'AUMALE, noble fils du soutien de la France,
Jeune et vaillant héros, par ta seule présence

Tu ranimas l'espoir dans nos cœurs attristés,
Et tu vins, honorant ces restes inanimés ;
Dépouillant des grandeurs les augustes insignes,
De nos vénérations tu sus te rendre digne,
Quand, courbant devant Dieu ton front tant révéré,
Tu nous électrisas par ta noble piété.

Cependant le bourdon de la tour Saint-André
Annonce le départ du cortége attristé ;
Dans le champ du repos le gouffre des abîmes
Entr'ouvre ses parois, réclame ses victimes,
Et l'ange de la Mort, debout à son côté,
Fait entendre ces mots : « Toujours ! Eternité ! »

Vous voilà maintenant sans voix et sans chaleur,
Victimes du devoir ! frappés dans nos murailles,
Citoyens courageux, voyez notre douleur ;
Toute la ville en deuil marche à vos funérailles,
Paye à votre mémoire un tribut de douleur.
Du séjour radieux où l'Eternel réside,
Ombres chères, voyez cet immense concours !
La froide vanité, l'ambition perfide,
N'y traîne point la pompe et le faste des cours :
C'est un peuple éperdu qui vous donne des larmes.
Guerriers et citoyens, ouvriers, magistrats,
    Tous les rangs et tous les Etats
Sont ici confondus dans les mêmes alarmes.
Recevez les adieux de ce peuple attristé,
Jouissez des honneurs que l'avenir apprête :

Ce peuple dont ici ma voix est l'interprète
  Est déjà la postérité !
Pour vous vient de s'ouvrir le temple de mémoires :
Les fastes bordelais, enrichis de vos gloires,
Vous ont déjà voués à l'immortalité !

BORDEAUX. — IMPRIMERIE DE LAZARD-LÉVY,
Fossés des Carmes, 9, près le Collége.